Viaje a Singapur

por Teresa Garviar

Todas las historias son ficción y cualquier parecido con la realidad es pura coincidencia.

ÍNDICE

INTRODUCTION

This book belongs to the *IMPROVE SPANISH READING* series specially written for those people who want to improve their Spanish level and vocabulary in a fun and entertaining way. Each book highlights every level's contents, from beginner to expert.

The stories are thought for people who are tired of reading books in Spanish without understanding them. Due to that, we have used a learning method based on the natural daily dialogues and expressions that, thanks to the summaries of each chapter, vocabulary index and the approach to the Spanish idiomatic culture, will get your Spanish to be more fluent.

At the end of the book you will find a downloadable audio link. Each story is recorded by a native Spanish speaker. With this audio, you can learn how to pronounce Spanish words properly while reading the novel.

The more advanced learning methods affirm that the most natural way of learning a language is close to the way children do. To that effect, these stories turn out to be perfect. It is not about understanding every word we are reading. It is not a reading and translating job. The real way of learning a language is understanding the context. We must be able to create an approximate idea of what the story is telling us, so later we can learn the vocabulary that will help us to find the needed words to express ourselves.

How do we use this learning method?

It is recommended to do a previous reading of the vocabulary before plunging oneself into the story, although this is not absolutely needed.

First of all, we will do a complete reading of each chapter. It does not matter if we do not understand everything we read; at the end of each chapter we will find a summary in Spanish and in English that will allow us to understand better what we have formerly read. If our comprehension has been good, we will continue with the next chapter; if it has not, we should read it again and check that now we understand the context better.

At the end of the reading we should do the comprehension activities that we can find at the end of the book.

We can play the audio while reading the book to improve our pronunciation or try to listen to the audio without reading the book and check if we understand everything. Either way, we will improve our Spanish language.

Throughout the stories we will find repeated topics like greetings, meals, clothes, conversations in hotels and restaurants, addresses and descriptions of people that will help us interiorizing concrete and specific structures. These structures will be the base of the language knowledge in real situations.

VIAJE A SINGAPUR

por Teresa Garviar

Capítulo uno

Sara prepara su maleta para viajar a Singapur. Le gusta hacer su equipaje con tiempo, por eso, siempre que puede, pide ayuda a su madre, quien le echa una mano con los preparativos antes de cada viaje. Las dos, madre e hija, se llevan realmente bien. Sara tiene mucha práctica en esto de hacer y deshacer equipajes. Es azafata, igual que su madre. Ambas trabajan en una gran compañía aérea, la madre como azafata de tierra y Sara como azafata de vuelo. A pesar de que Sara sabe que para pasar fuera de casa un fin de semana solo necesita una camisa, una blusa y un pantalón vaquero, le gusta pensar que cada viaje es una nueva aventura, por eso prefiere ir bien preparada. Aunque en Singapur el calor es asfixiante en esta época del año, siempre es bueno llevar una chaqueta o un jersey. Por la noche hace más frío. Pero de todo lo que lleva, lo que más espacio le ocupa es el neceser, nunca pueden faltar las cremas, el cepillo de dientes, el peine y un frasco de colonia o perfume.

—Cariño, llama a casa al llegar a Singapur, por favor —le pide su madre.

—Sí, mamá. No te preocupes. Te prometo que nada más llegar al hotel, te llamo por teléfono.

Las dos mujeres se despiden en el portal de la casa con un abrazo. El taxi espera en la puerta. Se hace tarde.

—Buenas tardes —dice Sara al conductor.

—Buenas tardes. ¿A dónde va? —pregunta el taxista.

—Al aeropuerto, por favor. Mi vuelo sale a las cinco.

—No hay problema. Seguro que llegamos a tiempo, hoy es domingo y a esta hora no hay mucho tráfico.

—Muchas gracias.

—No hay por qué darlas —contesta él con una sonrisa en el rostro mientras pisa el acelerador.

Sara mira a través de la ventanilla y levanta la mano para decir adiós a la figura ya casi borrosa de su madre.

En el aeropuerto, un ir y venir de personas recorre los pasillos. Saluda con la mano a los compañeros de trabajo que están en los mostradores. Les grita ¡buenas tardes! Un saludo al que ellos responden con un alegre ¡hola, Sara!

—Perdón, ¿me deja pasar, por favor? —dice a las personas que esperan en la cola de facturación y que le impiden el paso hacia la sala donde se reúne la tripulación del avión.
—Muchas gracias —les responde cuando estos apartan sus carritos de equipaje.

Cuando por fin consigue llegar a la sala, ya es la hora de subir al avión y comprobar que todo está en orden. Al poco rato, los altavoces anuncian que los pasajeros del vuelo 6739W ya se pueden acercar a la puerta de embarque.

Una vez todos pasan el control, Sara los recibe en la puerta del avión.

—Buenas tardes. Bienvenidos a bordo —les dice.

—Hola, buenas tardes —responden educadamente.

—Que tengan un buen vuelo —les desea con una sonrisa.

—Muchas gracias.

Comprueban la lista de pasajeros. Está todo correcto. Retiran la escalerilla y cierran las puertas del avión. Las azafatas ayudan a colocar los equipajes en su sitio y aconsejan a los pasajeros que se sienten en sus asientos y se abrochen los cinturones. El viaje a Singapur es largo. Mejor estar cómodo.

Tras diez horas de vuelo, por fin se ven los edificios de la ciudad. Los pasajeros vuelven a sus asientos y de nuevo se abrochan sus cinturones de seguridad. En España son las tres de la madrugada, sin embargo, en

Singapur ya son las diez de la mañana. Sara solo piensa en llegar al hotel y descansar.

Martín y Teresa le proponen comer en alguno de los restaurantes que tiene la ciudad.

—Vamos, Sara, anímate. Ven a comer con nosotros. Martín promete portarse bien, ja, ja, ja —ríe Teresa.

—Siempre me porto bien, queridas. ¿Alguna queja? —pregunta él mientras guiña un ojo a Sara.

—De acuerdo. Voy al hotel, me ducho, me cambio de ropa y a las doce nos vemos en la recepción. ¿Os parece bien?

—¡Perfecto! —responden a coro los dos.

—Nos vemos en el hall de tu hotel a las doce en punto —confirma Teresa.

Martín y Teresa se alojan en el Hotel Arts, sin embargo Sara tiene una habitación en el Hotel Embajador. Lo más usual es estar todos juntos en el mismo alojamiento, pero esta vez, por problemas con la reserva, no puede ser así.

En el taxi, camino del hotel, Sara observa la silueta de los enormes edificios que forman un sky-line increíble. Singapur es una ciudad mágica, tiene algo especial. Sara no sabe qué es, pero siente algo distinto, una emoción interior que no es capaz de describir.

Tras pagar y dar las gracias al taxista, recoge su equipaje del maletero del coche. Después se dirige a la recepción donde una chica de rasgos asiáticos, con la melena recogida en una coleta, le atiende de manera muy amable.

—Buenos días. Bienvenida a Singapur. ¿Qué tal el vuelo? —dice la recepcionista, en un correcto español, al observar que Sara va vestida de azafata.
—Buenos días —responde jovial. —El vuelo fantástico, muchas gracias.
—¿Tiene reserva en el hotel?
—Sí, a nombre de Sara Tan. Se trata de una reserva de mi compañía aérea.

—En efecto, hay una reserva de una habitación doble uso individual para usted. Si es tan amable de darme su pasaporte, por favor —solicita la simpática recepcionista.

—Por supuesto —Sara saca su pasaporte del bolso.

—Aquí lo tiene.

—Gracias.

Después de anotar los datos en el ordenador y rellenar la ficha de entrada, la chica le da una llave electrónica a Sara y le devuelve su documentación.

—Es la habitación número doce, en el primer piso. Al fondo del pasillo está el ascensor. La cena se sirve a las siete y el desayuno es de seis y media a diez de la mañana.

—De acuerdo. Muchas gracias por todo —se despide Sara para dirigirse hacia la dirección indicada.

El botones sube con ella en el ascensor. En unos segundos están en la primera planta. Un cartel indica que su habitación está hacia la derecha. Cuando llegan delante de la puerta que tiene un cartel con el número doce, Sara posa su tarjeta sobre el lector y oye un click que le indica que ya puede acceder al interior. Da una propina al conserje y tras cerrar la puerta se tumba en la cama. De repente siente todo el cansancio. Está agotada. Mira el reloj y recuerda que en breve sus compañeros de trabajo, Teresa y Martín, van a ir a buscarla, así que tiene que darse un poco de prisa.

Pasa más de diez minutos en la ducha. Allí siente cómo el agua templada que le cae por los hombros le reactiva de nuevo. Abre la maleta, coge el vaquero y una de las camisas, y se viste. Peina su larga melena frente al espejo, se aplica algo de maquillaje en la cara, unas gotas de perfume y un poco de carmín en los labios y ya parece otra persona.

Sara es una joven muy atractiva, los hombres se giran a mirarla cuando va por la calle. De hecho, su compañero Martín no deja de tirarle los tejos todo el tiempo y, aunque ella también siente cierta atracción por el chico, hay algo dentro de Sara que le impide dar el paso definitivo para empezar una relación con él.

De inmediato recuerda haber prometido a su madre llamar a casa al llegar a Singapur. Debe de estar preocupada. Sara busca su móvil y marca el número de teléfono con el prefijo internacional. Ahora en España son casi las cinco de la madrugada.

—¿Diga? —se escucha una voz entre somnolienta y angustiada al otro lado del teléfono.

—Mamá, soy yo —contesta Sara de inmediato.

—¡Cariño! ¿Cómo estás? ¿Estás bien?

—Bien, mamá. Estate tranquila. Estoy en el hotel y ahora voy a comer con Teresa y con Martín.

—Ten mucho cuidado, ya sabes que Singapur es una ciudad enorme y…

—¡Mamá! —le interrumpe Sara. –Ya soy mayorcita, y sé cuidarme. Vamos, descansa y duerme un poco. Mañana por la noche sale el vuelo de regreso a Madrid, así que nos vemos en un par de días.

—Muy bien, cariño. Te quiero. Un beso. Cuídate. Y si tienes cualquier problema, ya sabes, me llamas. Más besos.

—Un beso —responde Sara divertida.

Las despedidas de su madre parecen no terminar nunca. Incluso cuando está a punto de colgar el teléfono, sigue oyendo un hilo de voz cargado de precauciones y buenos deseos.

Faltan cinco minutos para las doce. Es hora de bajar al hall del hotel. Nada más abrirse la puerta del ascensor, ve la sonrisa de Martín que ilumina su rostro.

Resumen capítulo uno

Sara es azafata de vuelo y prepara su viaje a Singapur. Ella está muy unida a su madre. Su madre también es azafata, pero de tierra. Sara coge un taxi para ir al aeropuerto. Antes, Sara promete a su madre llamar en cuanto aterrice. El viaje dura diez horas en avión. Martín y Teresa son los compañeros de trabajo de Sara. Los tres jóvenes viajan juntos, pero Sara está en un hotel diferente al de sus amigos. Ella está en el Hotel Embajador. Cuando llegan a Singapur, Sara, Martín y Teresa deciden salir a comer y a visitar la ciudad. Quedan a las doce en el hall del hotel de Sara. Martín está enamorado de Sara y ella siente cierta atracción por él, pero algo le impide comenzar una relación.

Chapter one summary

Sara is a flight attendant and she is preparing her trip to Singapore. She is very close to her mother. Her mother is also a stewardess, but on land. Sara takes a taxi to the airport. Before that, Sara promises her mother to phone her as soon as she lands. The trip lasts ten hours by plane. Martin and Teresa are Sara's workmates. The three young people travel together, but Sara stays in a different hotel from her friends. She is at the Hotel Embajador. When they arrive in Singapore, Sara, Martin and Teresa decide to go out to have lunch and visit the city. They are meeting each other at 12 o'clock at Sara's hotel's hall. Martin is in love with Sara and she feels certain attraction for him, but something prevents her from starting a relationship.

Capítulo dos

Los tres jóvenes caminan por las calles de la ciudad, Teresa quiere visitar algunas tiendas de ropa y Martín propone comer en un restaurante que en internet tiene muy buenas críticas.

Para Sara es su primera vez en Singapur, no así para Martín y Teresa, para ellos esta es ya su quinta vez. Recorren a pie el antiguo distrito colonial, pasean por el parque Padang y se adentran en Chinatown. Muy cerca de allí está el restaurante en el que van a comer.

El bullicio de las calles pone de buen humor a los chicos que deciden visitar esa misma tarde el Templo Thian Hock Keng, el más antiguo de Singapur. Después se acercan al parque de Merlion, donde se encuentra el símbolo de la ciudad, una representación de una criatura mitológica, mitad león, mitad pez. Desde allí Martín, aficionado a la fotografía, saca unas maravillosas panorámicas de Marina Bay. Con un brillo especial en los ojos, el muchacho le pide a Teresa que le haga una fotografía junto a Sara, él la agarra por la cintura y acerca su mejilla a la de Sara.

—¡Una sonrisa! —exclama Teresa. —Muy guapos, los dos. Esta foto va a hacer historia, ja, ja, ja.

Martín aprieta la cintura de Sara un poco más y esta siente un escalofrío de excitación que le recorre la espalda.

—Es hora de regresar al hotel.
—Vamos, Sara, no seas aguafiestas —replica Teresa.
—Aún nos queda toda la noche para ir de marcha. Singapur de noche es muy romántico —afirma Martín.
—Chicos, de verdad, estoy muy cansada. Vosotros os podéis quedar, no hay ningún problema.
—¿Pero, cómo vas a volver sola? —contesta el muchacho con inquietud.

—¡Eh! Vamos. Con mi madre preocupada ya tengo bastante. Sé cuidarme sola. Vuelvo dando un paseo, hace una noche muy agradable.

La tristeza en la cara de Martín es evidente y un gesto de desaprobación en sus ojos no pasa desapercibido para Sara.

El miedo a comprometerse, a que le hagan daño, el temor a los hombres, al abandono. No sabe cuál de todos esos es el motivo, pero lo que sí sabe es que la falta de su padre está muy presente en las decisiones de su vida.

Comienza a anochecer y las luces de la ciudad iluminan los edificios. Singapur es precioso en esta época del año.

Cuando llega al hotel, desde la entrada se escucha una música de piano que viene de uno de los salones, es Goodbye de la película Hachiko. Lo reconoce al instante. Una melodía hermosa, triste, intensa, llena de sentimiento. Sentado al piano hay un hombre de sutiles rasgos asiáticos que golpea las teclas con mirada melancólica. Sus manos son delgadas y sus dedos ágiles vuelan sobre las teclas. La melodía es preciosa. Sara tiene que reprimir las ganas de abrazar a esa figura que en la semioscuridad del salón es capaz de arrancarle emociones tan intensas. Como un terremoto grado seis en la escala de Richter, Sara siente que su corazón se acelera y echa a correr hacia la escalera. Sube de dos en dos los escalones y llega frente a la habitación número doce. Una vez en el interior, apoya la espalda contra la puerta y nota que una lágrima moja su cara. Debe ser el jet-lag lo que le hace sentirse así, está demasiado cansada, solo es eso.

Se desviste, se pone el pijama y se prepara para irse a dormir. De pronto siente un vacío en el estómago, no sabe si es por la experiencia que acaba de vivir o si es por hambre. Decide llamar al servicio de habitaciones y pedir un sándwich de jamón y queso. Se sienta sobre la cama y marca el cero en el teléfono.

—Servicio de habitaciones, ¿en qué puedo ayudarle? —responde la voz al otro lado de la línea telefónica.

—Buenas noches. Llamo de la habitación número doce. ¿Pueden subirme un sándwich de jamón y queso, por favor?

—Por supuesto. ¿Va a tomar algo para beber? —dice amablemente.

—Solo un vaso de leche caliente. Muchas gracias.

—¿Alguna cosa más? —insiste la voz.

—Sí, algo de fruta, por favor. Un plátano, algo de piña y... ¿hay fresas?

—Sí, tenemos fresas.

—Pues entonces de fruta solo fresas. ¡Me encantan! —ríe entusiasmada.

—De acuerdo. Se lo hacemos llegar a la habitación enseguida —contesta la voz justo antes de colgar el teléfono.

Sin levantarse de la cama, Sara deja caer su espalda sobre el colchón y cierra los ojos. La melodía del piano vuelve a sonar en su cabeza. De pronto, oye unos golpes enérgicos en la puerta. Debe de haberse quedado dormida unos minutos.

—Un momento, abro ahora mismo —dice mientras se levanta de la cama.

Abre la puerta. Un camarero deja sobre la mesita de la entrada una bandeja con un sándwich de jamón y queso, y un vaso de leche humeante. En una copa están las fresas, parecen maduras. Está deseando probarlas.

—Muchas gracias —dice Sara al chico que ni siquiera mueve los labios. Le da unas monedas en agradecimiento por el servicio y cierra la puerta.

Saborea la comida y se da cuenta de que de verdad tiene hambre. El viaje, el paseo, las emociones. Todo eso abre el apetito.

Con el estómago templado y algo más tranquila, mira alrededor y ve que con las prisas está toda la habitación desordenada. Hay ropa sobre las sillas, encima de la cama, bajo la mesa, en el suelo, sus cosas están por todas partes. Las recoge y decide guardarlas en la maleta, mañana es el viaje de regreso a Madrid y ya no las necesita. Es entonces cuando se fija. En el bolsillo lateral del neceser asoma un papel. Parece una fotografía. En efecto, es un retrato tomado en blanco y negro. En la fotografía se ve a una pareja. La mujer sostiene a un bebé en brazos, feliz. El hombre está de perfil, en la sombra, no se le ve la cara. Sara da la vuelta a la fotografía, no hay nada escrito.

Decide no pensar más en ello, le duele la cabeza y el cansancio le recuerda que es mejor dormir. Mañana puede buscar la clave para solucionar el misterio. Si es que hay algún misterio que resolver.

Se acuesta y pasa toda la noche entre sueños. Una mujer juega con un niño pequeño en un parque, a lo lejos suena una música, todas las parejas del parque comienzan a bailar y, poco a poco, se alejan. Sara está sentada en un columpio, la dejan sola, el hombre del piano la observa desde un tejado, toca una canción muy alegre. Le sonríe. Entonces su madre aparece vestida de azafata, y la empuja en el columpio, una y otra vez, hasta que Sara sube muy alto, muy alto, cada vez más arriba, hasta el cielo, a la misma altura que vuelan los aviones. Y su madre desde abajo, ríe feliz, contenta de verla allá arriba. De repente Sara nota que la sujeción del columpio se rompe, va a caer desde el cielo, escucha el grito desgarrador de su madre. Y en ese mismo instante Sara despierta, asustada, casi sin poder respirar. Es un sueño, se dice, tranquila, es solo un sueño, repite.

La luz entra por la ventana. Mira el reloj que está sobre la mesilla y ve que ya son las nueve y media de la mañana. Si no se da prisa, van a cerrar el comedor. Así que se da una ducha rápida y baja al salón. Toma un café solo bien cargado y se hace unas tostadas con mermelada de ciruela y mantequilla. Tiene sed, se sirve por tres veces un vaso de zumo de naranja natural recién exprimido y pide al camarero una aspirina. El dolor de cabeza es menos intenso, pero aún es bastante molesto.

Resumen capítulo dos

Los tres amigos salen a comer y a visitar la ciudad. Por la tarde, Sara está cansada y decide regresar al hotel sola. Cuando llega al hotel escucha una melodía. Un hombre está tocando "Goodbye" de la película Hachiko al piano. Escuchar la música despierta sentimientos en Sara. Sube a la habitación del hotel. Tiene hambre. Pide al servicio de habitaciones un sándwich de jamón y queso, leche caliente y algo de fruta. Después de cenar ordena su habitación. Entonces encuentra una fotografía en blanco y negro en su neceser. No sabe por qué esa fotografía está ahí. En el retrato hay una pareja con un bebé. Esa noche sueña que es una niña en un columpio. Su madre la empuja en el columpio y ella casi puede tocar el cielo. Por la mañana se despierta tarde. Se da una ducha rápida y baja a desayunar.

Chapter two summary

The three friends go out to have lunch and visit the city. In the evening, Sara is tired and she decides to go back to the hotel alone. When she arrives at the hotel, she listens to a melody. A man is playing "Goodbye" from Hachiko movie on the piano. Listening that song bring back some feelings to Sara. She goes up to the hotel room. She is hungry. She orders a cheese and ham sandwich, hot milk and some fruit to the room service. After having dinner she tidies up her room. At that moment, she finds a black and white picture in her toilet bag. She doesn't know the reason why that photograph is there. The portrait shows a couple with a baby. That night she dreams she is a girl on a swing. Her mum pushes her on the swing and she can nearly touch the sky. In the morning, she wakes up late. She has a quick shower and goes downstairs to have breakfast.

Capítulo tres

Su vuelo de regreso sale por la tarde. Piensa en dar un último paseo por la ciudad antes de tomar rumbo de vuelta a casa. Sube a la habitación, se cepilla los dientes, se lava las manos, se perfuma y cierra la maleta. Hace un día espléndido y aún le quedan muchos lugares por visitar.

En la recepción encuentra a la misma chica del día anterior.

—Buenos días. ¿Qué tal se encuentra esta mañana? —le pregunta con la mejor de sus sonrisas.

—Buenos días, muy bien, gracias. La cama es muy cómoda, así es imposible no dormir —responde Sara.

—¿Va a hacer el check-out?

—Sí. Gracias. Y dejo en la consigna mi maleta, si no les importa. Quiero dar un último paseo por la ciudad antes de regresar a Madrid. La recojo después de comer y así pido un taxi para ir desde aquí hasta el aeropuerto.

—Claro. Sin problema. ¿Va a pagar al contado o con tarjeta de crédito?

—Con tarjeta de crédito, gracias.

—De acuerdo —responde tomando la tarjeta de la mano de Sara.

Son las once de la mañana y el calor comienza a ser sofocante. Sara va vestida con el traje de azafata y esto hace que el calor sea aún más insoportable. Se dirige hacia la orilla sur del río, al embarcadero. Continúa sus pasos hacia el Singapore Flyer. La noria le recuerda al London Eye y, sin saber muy bien por qué, compra un ticket. Una vez arriba, a ciento sesenta y cinco metros de altura, Sara vuelve a sentirse una niña que quiere tocar el cielo subida en un columpio.

Se acerca la hora de comer. Hoy quiere hacerlo en uno de los puestos callejeros que hay en las cercanías. Allí puede degustar alguno de los platos típicos como el satay, una brocheta de carne de pollo o de cerdo con salsa de cacahuete, o uno de los manjares más tradicionales de Singapur, el cangrejo, ya sea con pimienta, chile, o de cualquier otra forma.

Le suena el móvil, en la pantalla aparece el nombre de Martín.

—¡Hola, Martín!

—¡Sara! ¿Dónde estás? Venimos hasta tu hotel y nos dicen que ya no estás aquí —responde el muchacho con algo de enfado en su voz.

—Ejem, sí, bueno… Siento no haberte llamado. Estoy cerca del Singapore Flyer. ¿Quieres venir con Teresa? Podemos comer hoy aquí —dice Sara, no muy convencida de sus palabras.

Al otro lado solo se escucha el silencio. El móvil no tiene batería.

—¡Mierda! —exclama, sin darse cuenta, en voz alta.

Cuando aún está mirando la pantalla en negro de su teléfono móvil, ve que unos chicos corren tras un hombre que parece escapar de algo o alguien. Enseguida comienza a arremolinarse la gente y Sara siente un empujón que le hace caer sobre la acera.

—¡Eh! Tengan cuidado —dice desde el suelo.

En ese momento aparece un policía quien, en lugar de ayudarle a levantarse, le solicita que se identifique. Sara no se lo puede creer. Menudo despropósito. Se levanta como puede y busca su pasaporte dentro del bolso. Entonces vuelve a acordarse de la fotografía en blanco y negro, está ahí, en su bolso. Ella no recuerda haberla colocado allí la noche anterior, ni tampoco esta mañana. Mientras está envuelta en estos pensamientos, se da cuenta de que el policía empieza a impacientarse.

—Vamos, señorita, su documentación —insiste.
—Sí, sí. En ello estoy. Un momento, por favor —dice Sara visiblemente alterada.

Pero Sara no lo encuentra por ningún lado. No puede ser. Sin móvil, sin pasaporte…

—Disculpe, señor agente, pero no lo tengo aquí. Debe de estar en el hotel —argumenta ella para convencer al hombre uniformado que tiene delante.

—Debe identificarse o tengo que llevarla a comisaría –responde él con el semblante cada vez más serio.

—¿A comisaría? Soy azafata, tengo la maleta aún en el hotel, puede comprobar con mi compañía aérea que digo la verdad.

—Lo lamento mucho, señorita. No puedo dejarla marchar —finaliza él mientras la agarra con fuerza por el brazo.

Sara sube al furgón policial, con lágrimas en los ojos. Se siente sola, desamparada. En un país extranjero, sin nadie a quién acudir.

Ya en la comisaría le hacen pasar a un despacho diminuto. Le dicen que le van a hacer unas cuantas preguntas. Esta situación es increíble. Se acuerda de las palabras de su madre "ten cuidado" Ni se imagina... En ese momento llega otro hombre uniformado. Se sienta frente a ella, en el otro lado de la mesa. Teclea algo en el ordenador y solicita a Sara que diga en voz alta su nombre y apellido.

—Sara. Sara Tan —responde casi al borde del llanto.

—¿Fecha de nacimiento? —continúa con el interrogatorio.

—El cuatro de octubre de mil novecientos noventa —responde rápidamente.

—¿Qué hace en Singapur?

—Soy azafata de vuelo y vengo por trabajo —contesta.

—Ya, pero, concretamente ¿qué hace en Singapur?

—Perdone, pero no entiendo su pregunta.

—¿No entiende el inglés? —le replica el oficial.

—Sí, el inglés lo entiendo a la perfección. Lo que no entiendo es a dónde quiere llegar con esa pregunta. ¿Me acusa de algo? —Sara parece molesta.

—Mi compañero la trae de las inmediaciones del Singapore Flyer, ¿es eso cierto? —continúa sin tener en cuenta la pregunta de la muchacha.

—Sí, es cierto. En unas horas cojo el avión de vuelta a Madrid y…

—¿Es esta su primera vez en Singapur? —le interrumpe el hombre.

—Sí, en efecto. Esta es mi primera vez en Singapur.

—¿Está segura de eso? —insiste el policía.

—Por supuesto que estoy segura —contesta Sara mientras se revuelve en la silla.

—¿Lugar de nacimiento? —le pregunta el hombre con los ojos entreabiertos.

—En Madrid, España.

El policía se levanta de la silla y va a hablar con un compañero que mira a Sara con una mal disimulada curiosidad. Asiente con la cabeza y se dirige hacia ella.

—Haga el favor de acompañarme —le indica el nuevo agente.

—¿Dónde me lleva? —pregunta Sara nerviosa.

El hombre comienza a caminar sin dar más explicaciones. Llama a un timbre y se abre una puerta. Atraviesan un pasillo largo y oscuro hasta llegar a un espacio separado del resto por una gran puerta de acero. Oye un sonido y la puerta se abre ante ellos. Delante de sus ojos aparece una hilera de celdas estrechas, con un camastro en cada una de ellas. El agente habla por su radio y ordena que abran la celda número doce. Qué casualidad, piensa Sara, igual que la habitación del hotel. Y casi se le escapa una sonrisa.

—Quiero que alguien me explique qué pasa —estalla Sara con indignación al verse encerrada.

—Tiene que quedarse aquí un tiempo —le dice el oficial. —Al menos, hasta ser correctamente identificada. El proceso puede tardar algún tiempo.

—¡Pero mi avión sale esta tarde! —chilla.

—No se preocupe. Podrá irse enseguida –trata de tranquilizarla antes de cerrar la celda.

Pero las horas pasan y Sara sigue recluida en una cárcel en Singapur. Requisado el bolso y con el móvil sin batería, no le quedan muchas opciones para sentirse relajada. No recuerda los números de teléfono de nadie. Esta maldita costumbre actual de buscar los nombres en la agenda del móvil hace que Sara no memorice los números. Solo se sabe de memoria el teléfono de su madre.

—¡Por favor! —grita— Necesito hablar con alguien. Quiero hacer una llamada. ¿No me oye nadie?

Se escuchan unos pasos. La puerta se abre. Aparece un hombre al que reconoce como el primer policía, el del furgón.

—Necesito hacer una llamada. Tengo derecho a una llamada —repite Sara— Quiero llamar a mi madre. Ella siempre sabe qué hacer en todo momento.
—¿Su madre? —pregunta con extrañeza el policía. —Su madre está muerta, señorita.

—¿Cómo? ¿Pero qué dice? Vamos, hombre. Si esto es una broma, le advierto que es de muy mal gusto.

—Su madre hace veintisiete años que está muerta —insiste el hombre.

—¿Queréis todos volverme loca? —se pregunta a sí misma Sara.

—Señorita Sara Tan. Su madre está muerta desde hace muchos años. Si quiere, le podemos poner en contacto con su padre.

Sara no puede más. O todo es un sueño, o está drogada, o Martín quiere castigarla por no pasar ayer la noche con él. No encuentra explicación lógica a lo que sucede. Aún recuerda la voz cariñosa de su madre al teléfono, y de eso hace solo un día. Y este hombre le anuncia que está muerta y le habla de su padre, su padre es el que está muerto. Ella ni siquiera lo conoce. Todo debe ser un error. Un terrible y macabro error.

—¿Puede comprobar los datos otra vez? Se lo ruego —dice Sara al policía.

—Ya están comprobados. No hay error posible —contesta el hombre perplejo ante la situación.

—Llame a alguien, a quien sea, por favor, tengo que salir de aquí —llora.

El policía se da media vuelta y recorre de nuevo el largo pasillo hasta que la puerta corredera se cierra tras de sí. Sara oculta sus ojos entre las manos. El llanto se le escapa por los dedos. Las lágrimas caen al suelo y forman un pequeño charco alrededor de sus pies.

Incapaz de saber cuánto tiempo lleva encerrada, recorre una y otra vez la celda en un vano intento de entender algo de todo aquello.

Otra vez escucha los mismos pasos. La puerta corredera que se abre y el hombre uniformado que se acerca hasta la celda número doce. Aprieta el botón de su walkie-talkie y solicita la apertura. Sara lo mira expectante.

—Ya puede irse, señorita Tan.

—¿Cómo? ¿Puedo irme? —responde incrédula.

—Sí, su identidad está confirmada.

—¿Sí? ¿Y quién…? —pregunta Sara temerosa de terminar la frase.

—Su padre.

—Pero eso no es posible —replica. —Da igual, sí, me voy. Claro. Qué locura.

En el mostrador de la comisaría le devuelven el reloj, el móvil, el bolso y todas sus pertenencias. Si se da prisa aún está a tiempo de ir al hotel, coger la maleta y llegar al aeropuerto. El móvil sigue sin batería. No puede avisar a Martín, no puede llamar a su madre para contarle lo ocurrido. No importa. Ahora solo piensa en salir de allí y lo más rápido posible.

Resumen capítulo tres

Antes de regresar a Madrid, Sara sale a pasear por la ciudad. Va al Singapore Flyer y compra un ticket. Martín y Teresa van al hotel de Sara, pero ella no está. Martín le llama por teléfono. Sara se queda sin batería en el móvil. Después, en la calle, le empujan y cae al suelo. Un policía le pide que se identifique. Sara no tiene el pasaporte y el policía la lleva a comisaría. Allí le interrogan y la encierran en una celda. Sara pide hablar con su madre. Un policía le dice que su madre está muerta. Sara piensa que no puede ser verdad. No entiende nada y llora. Al final la dejan libre. Le dicen que es gracias a su padre. Ella cree que eso es imposible. Su padre está muerto. Todo es muy extraño.

Chapter three summary

Before returning to Madrid, Sara goes for a walk around the city. She goes to the Singapore Flyer and she buys a ticket. Martin and Teresa go to Sara's hotel, but she is not there. Martin phones her. Sara's mobile phone runs out of battery. After that, in the street, someone pushes her and she falls down. A police officer asks Sara to identify herself. Sara does not have her passport and the police officer takes her to the police station. There they interrogate her and locked her up in a cell. Sara requests to talk to her mum. A police officer tells her that her mother is dead. Sara thinks that it cannot be true. She does not understand anything and she cries. Finally, they set Sara free. They tell her that it is thanks to her father. She thinks that it is impossible. Her father is dead. Everything is very weird.

Capítulo cuatro

El taxi le deja en la puerta del hotel. Sara le pide si puede esperar unos minutos. El taxista afirma. Al llegar a la recepción pide su maleta y se interesa por su pasaporte.

—Buenas tardes. ¿Es usted Sara Tan? —le pregunta la recepcionista.

—Sí, soy yo —responde agotada.

—Este es su pasaporte, se le debe de haber caído esta mañana en el hall del hotel. Ahora mismo traigo su maleta.

—Muchas gracias —dice con un suspiro de alivio.

Regresa al taxi y se desploma en el asiento trasero del vehículo. Solicita al taxista que le lleve a la mayor velocidad permitida al aeropuerto. Quiere olvidar esa pesadilla, salir de ese país, ver a su madre, besar a Martín, se sorprende con este pensamiento.

Al llegar al destino, Sara da un billete al conductor del taxi y no espera las vueltas. Corre por los pasillos, huye, no sabe muy bien de qué, pero presiente que debe escapar de allí. La tripulación ya está a bordo. Se identifica en el control y sigue corriendo hasta el avión. Sube y ve a Martín al fondo, agachado, al parecer se encarga de comprobar que no hay nada entre los asientos y que ningún pasajero del anterior vuelo olvida nada en el avión. Sara saluda a Teresa apresuradamente y se dirige hacia Martín.

—¡Sara! —exclama este.

—¡Martín! Qué alegría verte —dice con los ojos a punto de deshacerse en lágrimas.

—¿Dónde te metes? —responde Martín visiblemente enfadado. —Nos tienes muy preocupados, con el teléfono apagado, sin saber nada de ti, llegas tarde. No sé, Sara, pero si tienes algo contra nosotros, debes decirlo. No me gusta nada tu actitud…

El chico no puede continuar hablando porque Sara deposita un delicado y prolongado beso sobre sus labios que inmediatamente es correspondido.

—Tengo tantas cosas que contarte, Martín —intenta explicar Sara.
—Empieza por besarme de nuevo —ríe él.
—Tendrás que esperar. Los pasajeros comienzan a subir al avión —contesta ella con una sonrisa llena de picardía.

El viaje transcurre con normalidad. Sara aprovecha las horas de vuelo para contar la aventura a sus compañeros quienes no salen de su asombro. Entre incrédulos y divertidos hacen mil preguntas a una Sara confundida que no sabe muy bien qué responder. De pronto recuerda la fotografía y la extrae de su bolso. Se la enseña a Martín y a Teresa. Estos tampoco comprenden el significado de ese retrato.

—Todo esto es muy extraño —reconocen ambos.
—Sí, muy extraño —asiente Sara.

El avión va a aterrizar y los pasajeros vuelven a sus asientos y abrochan sus cinturones. Una vez en tierra, Sara comienza a sentirse una mujer nueva. Hay un antes y un después de Singapur. Martín se ofrece a llevarla a casa y ella acepta encantada, no quiere volver a quedarse sola, le gusta sentir a Martín a su lado. Él conduce con una mano, la otra la lleva encima de la mano de Sara. De vez en cuando le mira y sonríe.

—¿Quieres entrar en casa? —le invita Sara.
—Por supuesto que sí —responde él radiante.

Los dos muchachos bajan el equipaje y caminan cogidos de la mano. Sara busca las llaves en el bolso y abre la puerta.

—¡Mamá, por Dios, qué susto!
—Sara, cariño. Verás, necesito hablar contigo. Ah, hola, Martín.
—Hola Aurora —contesta Martín.

—Mamá, ¿qué haces aquí? —pregunta Sara inquisitiva.

—Perdona, cielo. Ya sabes que nunca vengo sin avisar antes, pero tengo que hablar contigo.

—No te vas a creer mi aventura en Singapur —dice Sara mientras besa a su madre.

—Sí, cariño. Lo sé.

—No, mamá, de verdad que no lo sabes.

Algo en la cara de Aurora le dice que tal vez sea Sara quien no sabe todo. Martín también nota algo extraño.

—Bueno, yo os dejo. Parece que tenéis cosas de las que hablar —argumenta Martín con la mano en el pomo de la puerta.

—Sí, está bien. Te llamo luego ¿te parece bien?

—Si no me llamas tú, te llamo yo, ya no te dejo escapar. Hasta luego, Aurora, un placer volver a verte –se despide el muchacho.

—Gracias, Martín —responde la madre de Sara.

Las dos mujeres se quedan solas en mitad del salón. Una frente a la otra. Aurora, nerviosa. Sara, a la expectativa.

—Sara, toma asiento, por favor. Tengo una historia que contarte y es algo larga y complicada.

Ambas se sientan en el sofá. Y Aurora comienza su relato.

—Te ruego que no me interrumpas, escucha hasta el final y trata de comprender —le dice a su hija.

—Mamá, me estás asustando.

—Verás, en el año mil novecientos setenta y siete Air Singapore me contrata como azafata de vuelo. Yo voy y vengo de ese país dos veces al mes, más o menos. Allí conozco a Helen Rides y a Liu Tan. Ella trabaja para el estado y él es piloto de las fuerzas aéreas. Hacemos muy buena amistad y, con el paso de los años, un día me proponen trabajar para ellos, bueno, más bien para el servicio de inteligencia de Singapur.

—¿Liu Tan? Pero, ese es mi apellido. No entiendo nada. ¿El servicio de inteligencia de Singapur? ¿Quieres decirme que tú eres una especie de espía o algo así? —pregunta Sara perpleja y sin poder asimilar toda esta nueva información.

—Por favor, no me interrumpas, esto es muy difícil para mí.

—Es que, esto es toda una sorpresa.

—Pues aún hay mucho más, Sara. Continúo. Es entonces cuando a Helen, que está embarazada, le diagnostican preeclampsia. Una enfermedad muy peligrosa y que añadida a la diabetes de Helen, da como resultado un cóctel explosivo. Durante la gestación del bebé Liu viaja mucho, cada vez permanece más tiempo fuera de casa y las misiones que le asignan cada vez son más peligrosas. A los nueve meses, Helen tiene una niña sana y preciosa, pero ese esfuerzo es demasiado para ella y surgen complicaciones. Fallece a los tres meses de dar a luz. Liu está destrozado, el cuidado de la niña es demasiado para él y me pide que le ayude. Casi sin darnos cuenta comenzamos una relación, como una familia, él, la niña y yo. Pero las ausencias de Liu cada vez son más prolongadas y un día vuelve a casa herido, un salto en paracaídas que deja su pierna maltrecha. Durante ese periodo de recuperación se vuelca en tocar el piano, su padre es conocido en todo Singapur por ser un gran concertista. Y Liu hasta da algunos conciertos. Pero él es un hombre de acción, y comienza a sentirse culpable por la muerte de Helen, por su pierna, por mí, por ti.

—Espera, espera, me estás tratando de decir que mi padre vive, que tú no eres mi madre, que mi verdadera madre está muerta casi desde que nací, que yo no soy quien creo que soy, que todo lo que vivo es una mentira, que todo es un engaño…

En un gesto automático mete la mano en el bolso y saca la fotografía en blanco y negro. La mira detenidamente y comienzan a caer unas lágrimas cargadas de una rabia y una tristeza infinitas.

—¿Estos son mis padres? ¿Esta soy yo? —le pregunta.

—Sí, cariño. Pero escúchame, por favor.

—¿Por qué? Dime. ¿Por qué ahora? —dice Sara entre sollozos.

—Porque tu padre, que no soporta no estar en primera línea de fuego, comete una locura. Se convierte en agente doble debido a que en Singapur no le dejan trabajar con el gobierno en ese estado. Está cegado por el dolor y no sabe lo que hace. Con esto pone su vida en peligro, y la mía, y lo que es peor, la tuya. No tengo más remedio que huir contigo. Liu se tiene que esconder, vivir en la clandestinidad. Hasta ahora, que una amnistía le deja libre. Por eso ahora es el momento.

—No, no, no puede ser.

—Sara, cariño. Lo lamento mucho. La vida no es fácil. Esto también es muy difícil para mí. Todos estos años…

—¡Calla! ¡No quiero escucharte! —grita Sara mientras sale de casa y da un portazo con todas sus fuerzas.

La confusión se adueña de Sara. Su vida se desmorona. No sabe a dónde ir. Busca su teléfono móvil para llamar a Martín. Aún está sin batería. La pantalla en negro parece un reflejo de su vida. Echa a correr calle abajo y, sin parar, recorre la larga distancia que le separa de la casa de Martín. Llega sin aliento. Llama al timbre. Martín abre la puerta. Está descalzo, no lleva su uniforme de vuelo, ahora viste unos vaqueros y una camiseta blanca. Sara, envuelta en llanto, se abalanza sobre él como una niña pequeña.

Abrazados en el sofá, el chico escucha toda la historia que le cuenta Sara. Pasan horas hablando, y otras muchas en silencio. Algo más tranquila, la muchacha recuerda que su móvil aún está sin batería.

—Martín, ¿tienes un cargador para el móvil? —llevo desde ayer sin batería.

—Creo que tengo un cargador de mi viejo IPhone, ese te servirá.

—Gracias —responde Sara dándole un beso en los labios.

Sara, por fin, consigue encender el teléfono. Comienzan a sonar los bips de los mensajes y llamadas perdidas, de Martín, de Teresa, de su madre. Quince llamadas de Aurora, y un par de mensajes de voz. Uno es de Martín, del día anterior en Singapur, otro de su madre, de hace tan solo un par de minutos.

La voz de Martín interrumpe sus pensamientos.

—Sara, amor, sé que es difícil asimilar todo esto, pero Aurora no se merece tu desprecio. No te enfades, por favor. Quiero ser sincero contigo. Creo que ella tiene sus razones, déjale que se explique mejor. Habla con ella. Trata de entenderla. Es una buena madre. Te quiere —dice Martín.
—No la desprecio, Martín. Por eso me duele tanto. Es la mejor madre del mundo. No me cabe la menor duda. Pero ahora mis sentimientos están revueltos. Tengo muchas cosas que asimilar.

—Es normal. Nadie puede recibir un golpe así sin salir herido. Pero Aurora es tu madre, lo mires como lo mires, y sufre.

—Tienes razón. Pero me cuesta enfrentarme a ello —reflexiona Sara.

—No estás sola en esto. Ahora también me tienes a mí.

Resumen capítulo cuatro

Una vez libre, Sara corre a su hotel a por la maleta y encuentra el pasaporte. Coge un taxi y va al aeropuerto, aún puede subir al avión de vuelta a casa. Al entrar en el avión, Sara ve a Martín, él está enfadado. Sara le dice que tiene muchas cosas que contarle y en un impulso, le besa. En el viaje, Sara cuenta a sus amigos su aventura. Cuando llegan a Madrid, Martín acompaña a Sara a casa. Allí está Aurora, la madre de Sara, quien quiere contarle una historia sobre la familia. Sara descubre que Aurora no es su madre. Su verdadera madre está muerta desde hace veintisiete años. Su padre, un agente doble del servicio de inteligencia de Singapur vive en la clandestinidad. Aurora y el padre de Sara tuvieron un romance y ella trajo a Sara a España para ponerla a salvo. Ahora el padre, que sabe tocar muy bien el piano, es libre y quiere conocer a Sara. Sara está confundida, piensa que toda su vida es una mentira. Martín le apoya y le dice que ahora están juntos para afrontar toda esta nueva vida.

Chapter four summary

Once she is free, Sara runs to her hotel to take her suitcase and she finds her passport. She takes a taxi and she goes to the airport, she can still take the plane back home. When she enters the plane, Sara sees Martin, he is angry. Sara says to him that she has a lot of things to tell him and in an impulse, she kisses him. In the journey, Sara tells her friends her adventure. When they arrive in Madrid, Martin accompanies Sara to her home. There it is Aurora, Sara's mother, who wants to tell a story about the family. Sara discovers that Aurora is not her mother. Her biological mother is death for twenty-seven years. Her father, a double agent of Singapur's Intelligence Service lives in secrecy. Aurora and Sara's father had an affair and she brought Sara to Spain in order to get safe. Now, the father, who plays the piano very well, is free and wants to meet Sara. Sara is confused, she thinks her whole live is a lie. Martin supports her and tells her that now they are together to face all this new life.

MATERIAL EXTRA / EXTRA MATERIAL

VOCABULARIO / VOCABULARY

A

A bordo: on board

Abalanzar(se): to leap on

Abrochar: to fasten

Aceptar: to accept

Acera: pavement

Acero: steel

Actitud: attitude

Acusar: to charge

Adiós: goodbye

Aeropuerto: airport

Afirmar: to affirm

Agarrar: to grab

Agenda: appointment book

Agua: water

Al contado: cash

Alegría: joy

Aliento: breath

Alivio: relief

Alojamiento: accommodation

Altavoz: speaker

Ambas: both

Amnistía: amnesty

Amor: love

Angustiada: worried

Anterior: previous

Antes: before

Apellido: last name, surname

Argumentar: to argue

Arriba: up

Abajo: down

Ascensor: lift/elevator

Asfixiante: suffocating

Asiento: seat

Asimilar: to asimilate

Asombro: astonishment

Asustar: to scare

Aterrizar: to land

Ausencia: absence

Automático: automatic

Avión: airplain

Avisar: to warn

Ayer: yesterday

Ayudar: to help

Azafata de tierra: ground attendant

Azafata de vuelo: flight attendant

B

Bajar: to go down

Batería: battery

Beber: to drink

Besar: to kiss

Billete : note (money)

Blanco: white

Blusa: blouse

Borrosa: blurred

Bote: jar

Botones: bellboy

Brocheta: brochette

Broma: joke

Buscar: to look for

C

Cabeza: head

Cacahuete: peanut

Caer: to fall down

Callejeros: stray

Calor: hot

Cama: bed

Camastro: rickety bed

Caminar: to walk

Camisa: shirt

Camiseta: t—shirt

Cangrejo: crab

Cara: face

Cargador: battery charger

Cariño: honey (term of endearment)

Carmín: carmine

Carne: meat

Cegado: to be blinded

Celda: cell

Cena: dinner

Cepillar(se): to brush

Cepillo de dientes: toothbrush

Cerca: near

Cerdo: pig

Cerrar: to close

Chaqueta: jacket

Charco: puddle

Chile: chili pepper

Cielo: sky

Cintura: waist

Cinturón: belt

Ciruela: plum

Ciudad: city

Clandestinidad: hiding

Cóctel: cocktail

Coleta: ponytail

Colonia: cologne

Columpio: swing

Comer: to eat

Comida: food

Comisaría: police station

Cómodo: comfortable

Compañero: workmate

Complicación: complication

Complicada: complicated

Comprar: to buy

Comprender: to understand

Comprobar: to verify

Concierto: concert

Conducir: to drive

Confusión: confusion

Conserje: concierge

Consigna: left—luggage office

Contestar: to answer, to reply

Contigo: with you

Continuar: to carry on, to continue

Contratar: to hire (engage services of somebody)

Convencer: to convince

Corazón: heart

Cosa: thing

Creer: to believe

Crema: cream

Culpable: guilty

Curiosidad: curiosity

D

Dar a luz: to give birth

Dato: piece of information

De pronto: suddenly

Degustar: to taste

Delicado: delicate

Demasiado: too much

Derecha: right

Desamparada: helpless

Desayuno: breakfast

Descalzo: barefoot

Deshacer: to undo

Desmoronar(se): to collapse

Despacho: office

Desprecio: snub

Despropósito: piece of nonsense

Después: after

Diabetes: diabetes

Diagnosticar: to diagnose

Difícil: difficult

Diminuto: tiny

Distancia: distance

Divertido: funny

Doble: double

Documentación: documents

Dolor: pain

Domingo: Sunday

Dónde: where

Dormir: to sleep

Duda: doubt

E

Edificio: building

Embarazada: pregnant

Emoción: emotion, feeling

Encender: to switch on

Encontrar: to find

Enfado: annoyance

Enfermedad: illness

Engaño: trick

Enseñar: to teach

Equipaje: luggage

Error: mistake

Escapar: to escape

Esconder: to hide

Escuchar: to listen to

Esfuerzo: effort

Espalda: back

Espejo: mirror

Esperar: to wait

Espía: spy

Espléndido: splendid

Estar: to be

Estar cansada: to be tired

Estómago: stomach

Exclamar: to exclaim

Expectante: expectant

Explicar(se): to explain

Explosivo: explosive

Extraer: to extract

Extranjero: foreigner

Extraño: stranger

F

Fácil: easy

Fallecer: to die

Fecha de nacimiento: date of birth

Frasco: jar

Fresa: strawberry

Frío: cold

Fruta: fruit

Fuerza: strength

Furgón: van

G

Gestación: gestation, pregnancy

Gesto: expression

Golpe: hit

H

Haber: to have

Habitación: room

Hablar: to speak

Hacer: to do, to made

Hacia: towards

Hambre: hungry

Herido: wounded, injured

Hija: daughter

Hola: hello

Hora: hour

Hoy: today

Huir: to run away

I

Identidad: identity

Identificar(se): to identify

Impacientar(se): to lose patience

Imposible: impossible

Incrédulo: incredulous

Increíble: incredible

Indignación: indignation

Infinito: boundless

Información: information

Inmediación: nearness

Inmediatamente: immediately

Inquisitiva: inquisitive

Insistir: to keep going

Insoportable: unbearable

Intentar: to try to

Interrogatorio: interrogation

Interrumpir: to interrupt

Ir: to go

J

Jamón: ham

Jersey: jersey

K

—

L

Labios: lips

Lágrima: tear

Largo: long

Lavar(se): to wash

Leche: milk

Lejos: far

Libre: free

Llanto: weeping

Llave: key

Llegar: to arrive

Llevar: to take

Loca: crazy

Locura: madness

Luego: later, then

Lugar de nacimiento: birthplace

M

Macabro: macabre

Madre: mother

Madrugada: early morning

Maleta: suitcase

Maletero: boot/trunk (car: rear compartment)

Maltrecha: injured

Mantequilla: butter

Mañana: tomorrow / morning

Maquillaje: make up

Mejilla: cheek

Mejor: better

Melena: long hair

Melodía: melody

Memoria: memory

Menor: minor

Mentira: lie

Merecer: to deserve

Mermelada: jam

Mientras: meanwhile

Mierda: shit

Minutos: minutes

Mirar: to look

Misión: mission

Moneda: coin / currency

Mostrador: desk

Muchacho: servant

Mucho: a lot

Muerta: dead

Muerte: death

Mundo: world

N

Nada: nothing

Neceser: toilet—case

Negro: black

Nerviosa: nervous

Ningún: nobody

Niña: girl

Noche: night

Nombre: name

Noria: big wheel

Nueve y media: 9:30

Nuevo: new

Nunca: never

Ñ

—

O

Ojo: eye

Olvidar: to forget

Ordenador: computer

Orilla: bank (river)

Oscuro: dark

P

Padre: father

País: country

Palabra: word

Pantalón Vaquero: jeans

Par: pair

Paracaídas: parachute

Pareja: couple

Pasajero: passenger

Pasillo: hallway

Peine: comb

Película: movie, film

Peligroso: dangerous

Pensamiento: thought

Peor: worse

Pequeña: small

Perdida: lost

Perfume: perfume

Permanecer: to remain, to stay

Permufar(se): to spray yourself with perfume

Perpleja: perplexed

Pertenencia: belonging

Pesadilla: bad dream

Picardía: slyness

Pierna: leg

Pies: feet

Pimienta: pepper

Piña: pineapple

Plátano: banana

Poder: to can

Policía: policeman

Pollo: chicken

Porque: because

¿Por qué?: why?

Portazo: slam

Preciosa: lovely, beautiful

Pregunta: question

Prolongado: prolonged

Propina: tip

Puerta de embarque: boarding gate

Puesto: stand

Q

Quedar(se): to stay

Queso: cheese

R

Rabia: anger

Radio: radio

Rápido: fast

Rasgos: features

Recepción: reception

Recordar: to remember

Reflejo: reflection

Relación: relationship

Relato: short story

Reloj: watch

Requisar: to confiscate

Responder: to answer

Retrato: portrait

Río: river

Ropa: clothes

S

Saber: to know

Sacar: to take out

Salsa: sauce

Sano: healthy

Segundos: seconds

Semblante: facial expression

Sentir: feel

Ser: to be

Serio: serious

Servicio de habitaciones: room service

Servicio de Inteligencia: Intelligence Service

Siempre: always

Significado: meaning

Silencio: silent

Silla: chair

Simpática: pleasant

Sin: without

Sincero: sincere

Sofá: sofa

Sofocante: suffocating

Sola: alone

Somnolienta: sleepy

Sonido: sound

Sonrisa: smile

Soportar: to stand something or someone

Sorpresa: surprise

Subir: to go up

Suspiro: sigh

Susto: fright

T

Tampoco: neither

Tarde: late / afternoon

Tarjeta de crédito: credit card

Teclear: to type

Tejado: roof

Tener: to have

Terremoto: earthquake

Terrible: terrible

Tienda: shop

Timbre: doorbell

Tocar el piano: to play the piano

Tráfico: traffic

Traje: suit

Tranquila: quiet

Tripulación: crew

Tristeza: sadness

U

—

V

Velocidad: speed

Venir: to come

Ventana: window

Verdadera: true, real

Viaje: trip

Viejo: old

Vuelo: flight

X

—

Y

—

Z

Zumo de naranja natural: Organic orange juice

LÉXICO Y GRAMÁTICA / LEXICON AND GRAMMAR

Presente del verbo ser

Yo soy: I am

Tú eres/Usted es: You are

Él/Ella/Ello es: He/She/It is

Nosotros somos: We are

Vosotros sois/Ustedes son: You are

Ellos son: They are

Presente del verbo estar

Yo estoy: I am

Tú estás/Usted está: You are

Él/Ella/Ello está: He/She/It is

Nosotros estamos: We are

Vosotros estáis/Ustedes están:You are

Ellos están: They are

Tratamientos de cortesía

Usted (sing.) para la segunda persona del singular.

Ustedes (pl.) para la segunda persona del plural.

Números cardinales

Uno: One

Dos: Two

Tres: Three

Cuatro: Four

Cinco: Five

Seis: Six

Siete: Seven

Ocho: Eight

Nueve: Nine

Diez: Ten

Once: Eleven

Doce: Twelve

Trece: Thirteen

Catorce: Fourteen

Quince: Fifteen

Dieciséis: Sixteen

Diecisiete: Seventeen

Dieciocho: Eighteen

Diecinueve: Nineteen

Veinte, veintiuno, veintidós, veintitrés, veinticuatro, veinticinco…

Treinta, treinta y uno, treinta y dos, treinta y tres…

Cuarenta, cuarenta y uno, cuarenta y dos, cuarenta y tres…

Cincuenta, cincuenta y uno, cincuenta y dos, cincuenta y tres…

Sesenta, sesenta y uno, sesenta y dos, sesenta y tres…

Setenta, setenta y uno, setenta y dos, setenta y tres…

Ochenta, ochenta y uno, ochenta y dos, ochenta y tres…

Noventa, noventa y uno, noventa y dos, noventa y tres…

Cien: One hundred

Colores:

Amarillo: Yellow

Azul: Blue

Blanco: White

Gris: Grey

Marrón: Brown

Naranja: Orange

Negro: Black

Rojo: Red

Verde: Green

Estaciones del año:

Primavera: Spring

Verano: Summer

Otoño: Autumn

Invierno: Winter

EXPRESIONES IDIOMÁTICAS / IDIOMS

Echar una mano: Ayudar a alguien / To help someone.

Tirar los tejos: Se usa para definir a alguien que se insinúa o muestra un interés especial por otra persona / It's used for someone who insinuates or shows a special interest for other person.

Ser un aguafiestas: Alguien que estropea la fiesta / Someone who spoils the party.

FRASES HABITUALES / COMMON PHRASES

No te preocupes: Don't worry

Buenas tardes: Good afternoon

Buenos días: Good morning

Por favor: Please

No hay problema: It doesn't matter

Muchas gracias: Thank you very much

Perdón: Sorry / Excuse me

Bienvenidos: Welcome

Por supuesto: Of course

De acuerdo: All right

¿Cómo estás?: How are you?

Te quiero: I love you

Un beso: A kiss

Cuídate: Take care

¿Puedo ayudarle?: Can I help you?

De vez en cuando: From time to time

Un placer volver a verte: Nice to see you again

Dos veces al mes: Twice a month

Tienes razón: You're right

EJERCICIOS DE COMPRENSIÓN LECTORA
READING COMPREHENSION EXERCISES

Escoge la respuesta correcta / Choose the correct answer

Ejercicios de comprensión lectora capítulo uno / Reading comprehension exercises chapter one

1.— ¿Quién es azafata de vuelo?

   a) Aurora.

   b) La madre de Sara.

   c) Sara.

   d) El policía.

2.— ¿Qué le pide a Sara su madre hacer nada más aterrizar?

   a) Descansar.

   b) Tomar unas fresas.

   c) Llamar por teléfono a casa.

d) Salir a bailar.

3.— ¿Qué número de habitación tiene Sara en el hotel?

   a) El quince.

   b) El doce.

   c) El diez.

   d) El cinco.

Ejercicios de comprensión lectora capítulo dos / Reading comprehension exercises chapter two

4.— ¿Con quién sale Sara a comer el primer día en Singapur?

   a) Con su madre.

   b) Con unos vecinos.

   c) Con nadie.

   d) Con Martín y Teresa.

5.— ¿Qué cena Sara en el hotel?

a) Un sándwich de jamón y queso, leche caliente y fresas.

b) Un sándwich de jamón y queso, piña y plátano.

c) Un sándwich de jamón y queso, leche caliente y un plátano.

d) Leche caliente, piña, plátano y fresas.

6.— ¿Qué encuentra Sara en su neceser?

a) Una camisa.

b) Un pantalón.

c) Una fotografía en blanco y negro.

d) Un paracaídas.

Ejercicios de comprensión lectora capítulo tres / Reading comprehension exercises chapter three

7.— ¿Cómo paga Sara la factura del hotel?

a) Con dinero en efectivo.

b) Con tarjeta de crédito.

c) La paga su compañía aérea.

d) No la paga.

8.— ¿Qué le pasa a Sara en el Singapore Flyer?

a) Unos chicos le roban el bolso.

b) Alguien le empuja y cae al suelo.

c) Le invitan a rodar una película.

d) Un policía le indica la dirección de su hotel.

9.— ¿Por qué encierran a Sara en una celda de una comisaría?

a) Porque roba unas fresas.

b) Porque no paga la factura del hotel.

c) Porque grita a un policía.

d) Porque no tiene su pasaporte.

**Ejercicios de comprensión lectora capítulo cuatro /
Reading comprehension exercises chapter four**

10.— ¿A quién besa Sara cuando sube al avión para regresar a Madrid?

    a) A Teresa.

    b) A su madre.

    c) A Martín.

    d) A la tripulación.

11.— ¿Qué descubre Sara al final del libro?

    a) Que Martín está casado.

    b) Que Teresa es su hermana.

    c) Que Aurora no es su verdadera madre.

    d) Que su padre es recepcionista de hotel.

12.— ¿Cómo está Sara después de saber que Aurora no es su madre?

    a) Alegre.

b) Confundida.

c) Somnolienta.

d) Tranquila.

Soluciones / Solutions:

1) c

2) c

3) b

4) d

5) a

6) c

7) b

8) b

9) d

10) c

11) c

12) b

Link audio:

https://soundcloud.com/teresa-garviar/viaje-a-singappur/s-UyNGo

Download audio link:

https://drive.google.com/open?id=1r7DK7qU8-8O_jvlckfAUq6ydqRTj2Axa

If you have any problems or suggestions, please contact us at the following email address:

improvespanishreading@gmail.com

NOTAS/NOTES:

NOTAS/NOTES:

NOTAS/NOTES:

NOTAS/NOTES:

Títulos de la colección publicados

hasta la fecha

Visita nuestra página web

http://improve-spanish-reading.webnode.es/

Made in the USA
Middletown, DE
13 April 2020